Rainer Maria Rilke

Briefe an eine junge Frau

Mit einer Erinnerung an Rilke von Romain Rolland

Diogenes

›Erinnerung an meinen Nachbarn‹
von Romain Rolland wurde
von Renate Heimbucher
aus dem Französischen übersetzt
Umschlagillustration:
Jan Vermeer, ›Mädchen mit rotem Hut‹,
um 1666/67
(Ausschnitt)

500/97/51/1
ISBN 3 257 70087 3

Inhalt

Briefe an eine junge Frau

Soglio (Graubünden), Schweiz,
am 2. August 1919

Ich meine, gnädigste Frau, die Zeilen, die Sie mir schrieben, nicht besser und auch nicht genauer beantworten zu können, als indem ich Ihnen versichere, wie sehr ich den Impuls verstehe, aus dem sie hervorgegangen sind. Das Kunst-Ding kann nichts ändern und nichts verbessern; sowie es einmal da ist, steht es den Menschen nicht anders als die Natur gegenüber, in sich erfüllt, mit sich beschäftigt (wie eine Fontäne), also, wenn man es so nennen will: teilnahmslos. Aber schließlich wissen wir ja, daß diese zweite, zurückhaltende und von dem sie bestimmenden Willen zurückgehaltene Natur gleichwohl aus Menschlichem gemacht ist, aus den Extremen des Erleidens und Freuens –, und hierin liegt der Schlüssel zu jener Schatzkammer unerschöpflicher Tröstung, die im künstlerischen Werk angesammelt erscheint und auf die gerade der Einsame ein besonderes, ein unaussprechliches Recht geltend machen darf. Es gibt, ich weiß es, Momente des Lebens, Jahre vielleicht, in denen das Alleinsein unter seinesgleichen einen Grad erreicht, den man nicht zugegeben haben würde, wenn er einem in Zeiten unwillkürlicher, geläufiger Gemeinschaft wäre genannt worden. Die Natur ist nicht fähig, an einen heranzureichen, man muß die Kraft haben, sie umzudeuten und anzuwerben, sie, gewissermaßen, ins Menschliche zu übersetzen, um ihren mindesten Teil zu sich zu beziehen; das gerade aber ist es, was man, als ein gründlich Vereinsamter, nicht leisten kann: man will dann ja beschenkt sein, bedingungslos, man kann kein Entgegenkommen leisten, wie ein Mensch in einem gewissen Tiefstande seiner Vitalität kaum den Mund öffnen möchte für den dargereichten Bissen, – es muß einen das, was zu einem will und soll, überfallen, als ob es Sehnsucht hätte nach einem, als ob es nichts meinte, als sich dieser Existenz zu bemächtigen, um jedes Atom ihrer Schwäche in Hingegebenheit zu verwandeln. Auch dann ist, streng genommen, nichts geändert, überheblich wäre es, einem Kunstwerk zuzumuten, daß es helfen könne; aber daß die Spannung des Menschlichen, die ein Kunstwerk, ohne sie nach außen zu verwenden, in sich trägt, daß seine innere Intensität, ohne extensiv zu werden, durch ihre bloße Gegenwart, die Täuschung hervorrufen konnte, als ob sie Streben, Forderung, Werbung –, werbende hinreißende Liebe, Aufruhr, Berufung sei: das ist des Kunst-Dings gutes Gewissen (nicht sein Beruf) –, und dieser Betrug zwischen ihm und dem verlassenen Menschen kommt allen jenen priesterlichen Betrügen gleich, mit denen, seit Anfang der Zeiten, das Göttliche gefördert worden ist.

Ich bin unbescheiden ausführlich, aber Ihr Brief hat ja wirklich zu mir geredet, zu mir, nicht zu irgendeinem, der nur willkürlich vom Briefschreiber mit meinem Namen ausgestattet worden ist, und so wollte ich auch meinerseits nicht weniger genau sein und keine Phrasen Ihnen gegenüberstellen, vielmehr das wirkliche, tatsächliche Erlebnis dieses Berührtseins.

Daß Sie zuletzt von Ihrem Kinde sprechen, gibt Ihrem Brief eine Wendung ins Vertrauen, das ich nicht anders erwidern kann als mit der vollkommensten Bereitschaft, Vertrauen aufzunehmen. Wenn es Ihnen je wohl tut, erzählen Sie mir von diesem Kinde und von sich, und wären es viele Seiten. Ich gehöre zu den Menschen, den altmodischen, die den Brief noch für ein Mittel des Umgangs halten, der schönsten und ergiebigsten eines. – Freilich muß ich da sagen, daß diese Verfassung meine Korrespondenz zuweilen über das Leistbare hinaus vermehrt, daß ferner – oft für Monate – die Arbeit, öfter noch (wie während des ganzen Krieges) eine unüberwindliche ›sécheresse d'âme‹ mich verstummen und stumm bleiben läßt; aber dafür rechne ich auch menschliche Beziehungen nicht mit den Maßen des sparsamen und immerfort zählenden menschlichen Daseins, eher mit denen der Natur –,

: sei dieses, wenn Sie so wollen, fortab Verbindung und Verabredung zwischen uns, ich werde lange ausbleiben, aber, wenn es Ihnen recht ist, immer wieder dasein, wissend, mitwissend, wie ich es heute zuerst habe sein dürfen.

Rainer Maria Rilke

Soglio (Graubünden), Schweiz,
am 30. August 1919

Gnädigste Frau,

nun möchte dies von vornherein versichert sein: niemals wird, solang Sie mich mit dieser Art des Mitteilens erfreuen, ein Ihriger Brief mir die Aufgabe der Antwort unmittelbar auferlegen: solches sei zu Ihrer Beruhigung gesagt –. Die Erfahrungen, die Sie aussprechen, die Verhältnisse Ihres Gemüts, die Sie mich von ferne erkennen lassen, liegen ja auch eigentlich außerhalb jenes Gebiets, an das ›Antworten‹ heranreicht. Dieses Fragen ist die fragende Natur unseres eigensten Lebens –, wer erwidert ihr? Das Glück, das Unheil, ein unvorhersehlicher Augenblick des Herzens bestürmt uns vielleicht plötzlich mit Erwiderung, oder sie vollzieht sich in uns selbst langsam und unscheinbar, oder ein Mensch schlägt sie vor uns auf, diese Erwiderung, sie überfüllt seinen Blick, sie steht auf der neuen Seite seines Herzens, die er selber nicht kennt, die wir ihm vorlesen –. Aber lassen Sie's gelesen sein –, ging's nicht als Frage aus? Was, welches menschliche Erlebnis und welche Aussprache von Menschlichem steigt nicht am Schluß die kleine Anhöhe der Frage hinauf und steht offen, gegen wen? Gegen den Himmel.

Das Frauen-Schicksal: es möchte erfüllt, beschlossen sein, beantwortet, ein für allemal, ihm ist das Frage-Bleiben Unnatur –; aber vergessen Sie nicht, der Mann steht ihm gegenüber, genau wie wir selbst, jeder einzelne, der Natur gegenüberstehen: unvermögend nämlich, so viel Unerschöpfliches aufzufassen, nehmend, atmend und dann wieder ablassend, absehend von ihr, uns verlierend an Städte, an Bücher, wegfallend aus ihr in die Zwischenräume des Daseins, sie verneinend und verleugnend in jeder Gewohnheit des Schlafens und Wachseins –, bis uns eine Welle des Unmuts, das Gefäll der Enttäuschung und Müdigkeit, ein entschlossener Schmerz wieder ihr zu Herzen reißt, uns hinwirft an sie, als an die Seiende, uns, die wir schon im Vergehen waren. Aber die

Natur, die vollzählige, in sich betätigte und beruhte, merkt es nicht, wenn wir sie verlassen; unabhängig von unseres Herzens Andrang oder Abkehr, hat sie uns immer bei sich, sie kennt nicht die Not des Alleinseins, oder sie ist es als eine Vollständige, ist allein, weil sie alles ist, und lebt dann nicht an den Grenzen dieses Zustandes, sondern in seiner warmen vollkommenen Mitte und Innigkeit. Müßte nicht die Frau, die Vereinsamte, diese selbe Zuflucht haben, in sich zu wohnen, in den konzentrischen Kreisen ihres in sich heil zurückkehrenden Wesens? – Soweit sie Natur ist, gelingt es ihr vielleicht zuzeiten, dann aber wieder rächt sich an ihr das Gegensätzliche ihrer Zusammensetzung, durch welches ihr zugemutet ist, in Einem Natur und Mensch zu sein –, Unerschöpfliches und Erschöpftes zugleich. Und erschöpft, nicht aus Ausgegebenheit, sondern weil sie nicht immer weiter geben und gehen darf, weil ihre eigene hingebliche Reichheit in ihrem überaus vorrätigen Herzen zur Last wird, weil der unbändige glückliche Anspruch fehlt, zu dem sie morgens aufwachen müßte und dem sie auch als eine warme Schlafende noch unaussprechlich zu genügen vermag. Ja, da ist sie in der Lage einer Natur, aus deren Erdreich die Blumen sich nicht aufrichten und nähren möchten, einer Natur, von der die jungen Hasen wegsprängen und die Vögel sich fortwürfen, ohne in die empfänglichen Nester zurückzufallen. Wenn sie dann aber auf diesem Natürlichen bestehen will und ihr Recht darin erkennt, versorgend, erfüllend und über die Maßen ergiebig zu sein, fühlt sie sich nicht wieder beirrt in ihrem menschlichen Bewußtsein: Ist der Schutz, den sie anbietet, so zuverlässig? Ist das Geben so grenzenlos? Und steht nicht eine List des Empfangens dahinter, wie die Natur sie nicht kennt? Und ist sie nicht im ganzen gefährdet und ungesichert?: wie darf sie versprechen, da ihr doch, als einem Menschen, jeden Augenblick eine Dürre des Herzens kann bereitet werden, ein verzehrendes Elend, eine Krankheit, die die Süßigkeit ihres Atems verdirbt und das Licht in ihrem Auge zum Zwielicht macht? – Auch ich habe mir immer vorgestellt, daß dieses doppelte Dasein der Frau ertragbar werden müßte durch eine reiner geleistete Liebe des Mannes, der doch bestenfalls mit einem unausgeführten Liebes-Entwurf an der Wirklichkeit und Liebe seiner Geliebten beteiligt ist. Als ein Werbender übertreibt er in dem staunend sich begreifenden Mädchen die Mächte der Natur, um bald nach der Erwerbung der erste zu sein, der sie verleugnet und sich beklagt über die menschliche Hinfälligkeit und Hülflosigkeit jenes eben noch ihn völlig übertreffenden Geschöpfes. Hier verrät sich die tiefe Arbeitslosigkeit seiner Liebe, die grade nur Atem hatte für einen Feiertag und Fassung für das unermeßliche Geschenk einer Nacht: nein, dazu schon war sie nicht mehr leistend genug, dieses Geschenk in sich aufzubrauchen und restlos umzuwandeln, ihm eine Verschwiegenheit zu schaffen, die jene unentbehrliche Unschuld zwischen den Liebenden wieder herstellt, ohne die sie nicht beisammen bleiben dürften; wenn so, an der Frau gemessen, der Geliebte im Unrecht zu sein scheint, ein Großtuer der Liebe, der nicht über die Anfangsgründe der Liebes-Kunde hinauskommt, der ewig mit den ersten Lektionen das ganze Gedicht meint gestalten zu können, für das die Liebende ihm Gleichnis und Rhythmus vorbereitet –, ist er nicht auf der anderen Seite, ergreifend in seinem Verhängnis, dieser Vorbeiziehende, Vorbeigezogene –, dieser Blinde, Stürmende, der um die Welt fahren will und nicht einmal um ein Herz den Weg zu vollenden vermocht hat?

Dies für einen Ihrer Abende. Seltsam: solche von ›unerträglicher Tiefe‹ sind es vielleicht gerade, die unsereiner sich ersehnt, ob er gleich ihre Gefahr nicht verkennt: gerade sie müßten die innerlich aufforderndsten sein, die dem Herzen am meisten abringen, weil aus ihnen am Ende kein anderer Ausweg bleibt als die Hervorbringung. Wie lange schon hat äußere und innere Ungunst mich nicht zu solchem Abende kommen lassen. Welche Vergünstigung scheint mir Ihr stilles, schönes, altes Haus. Und wie tröstet es, für einen Moment, meine Heimatlosigkeit, daß, wie Sie sagen, ein einziger

Brief von mir die Erwartung Ihrer feierlich offenen Zimmer zu erfüllen vermochte!

Rainer Maria Rilke

Locarno (Tessin), Schweiz,
am 19. Januar 1920

Dies wird, gnädige Frau, kaum ein Brief –, nicht mehr als eine besorgte Frage nach Ihnen. Ihr Schreiben vom 28. September schloß mit der Andeutung von so viel Ungewißheiten und Veränderungen, daß ich Ihrem langen Ausbleiben alle möglichen Schwierigkeiten unterzulegen mich geneigt fühle –: es wäre gut, wenn Sie mir etwas Beruhigung zu geben vermöchten.

Was mein eigenes Schweigen angeht, so bat ich Sie ja gleich zu Anfang, aus ihm niemals Schlüsse der Teilnahmslosigkeit oder des Vergessens zu ziehen: ich habe lange Zeiten der Erstarrung, da mir die Brieffeder ein Greuel ist, bin auch sonst so sehr von Wechsel und Einfluß meiner Umgebung abhängig, daß ich für keinerlei Regelmäßigkeit einstehen dürfte. Sollte ich einmal, wonach ich mich unendlich sehne, den richtigen und zusäglichen Platz finden, an dem alles *das* zusammenwirkte, was meiner Arbeit und Konzentration günstig wäre, – so würde ich mich in dieser Beziehung gewiß bessern und leistungsfähiger und verläßlicher werden. Vor der Hand bin ich noch recht weit davon. Die fatalen, oft bodenlosen Provisorien, in die der Krieg mich gestürzt hat, sind noch lange nicht zu Ende, wie es scheint, ich bin immerfort sur la branche, et c'est une branche plutôt sèche et très peu convenable qui me soutient –. Eben da jener Ihr letzter Brief eintraf, hatte ich mein refuge in Soglio schon aufgeben müssen, damit begann eine veränderliche Hotelexistenz, die mir immer für alle Korrespondenz so unergiebig bleibt, teils weil die Hotels, selbst die sogenannten besten, nie eine angemessene Schreibstelle bieten, höchstens für Commis voyageurs, teils weil dann jedesmal so viel persönliche und mündliche Beziehungen mich umgeben, daß alle Ausgaben nach dieser Seite gehen. Es kam dazu, daß ich während fünf Wochen mit einer Art Tournee beschäftigt war, die mich, zum Zwecke öffentlichen Vorlesens, von Stadt zu Stadt führte,

Verhältnisse, die, wie Sie denken können, jene unmittelbare Mitteilsamkeit noch um viele Grade steigern mußten. Ich erzähle das alles nur, nicht um Sie mit meinem Eigenen zu beschweren – vergessen Sie es so rasch wie möglich –, sondern als einen kleinen Versuch der Entschuldigung. Muß ich doch annehmen, daß Ihnen meine Zusprache grade in so schwankenden Tagen willkommen gewesen wäre. Aber vielleicht auch waren diese Wochen so aktiv, so voller Entschluß und Handlung, daß ein Brief kaum hineingewirkt haben würde. Wo mögen Sie mit Ihrem kleinen Sohn eine Stätte gefunden haben? Ich frag es mich oft, um Weihnachten besonders dachte ich es immer wieder. Sie schrieben damals zuletzt von Schülerinnen, ohne aber anzudeuten, welches das Gebiet Ihres Unterrichts ist. Haben Sie den in Ihrem neuen Wohnort wieder aufnehmen können, mit Erfolg? mit Freude – womöglich? Was es Sie mag gekostet haben, das alte stille Haus zu verlassen, das konnte ich so recht ermessen, dem die Heimat- und Heimlosigkeit so dicht zusetzt. Wie anders wären selbst diese fürchterlichen Jahre des Krieges für mich gewesen, hätte ich sie unter dem Schutze ausdauernder und zusäglicher Dinge zubringen dürfen.

Die ›Fragen‹ Ihres großen Briefes –, ja, liebe gnädige Frau, wo soll man da anfangen? Es ist ja immer wieder das ›Ganze‹, worum sich's da handelt, dieses Ganze aber, wenn wir's auch innerlich manchmal zusammenfassen in einem Elan des Glücks oder des reineren Willens, in der Wirklichkeit ist's unterbrochen durch alle die Irrtümer, Fehler, Unzulänglichkeiten, durch das Bösartige von Mensch zu Mensch, durch das Ratlose und Trübe –, ja beinah durch alles, was uns täglich angeht.

Es ist eine erschreckende Annahme, der Liebes-Augenblick, den wir als einen uns so völlig und tief eigenen und eigentümlichen empfinden, könnte, über den einzelnen fort, so ganz von der Zukunft (dem künftigen Kinde) und auf der anderen Seite von der Vergangenheit bestimmt sein, – aber selbst *dann:* es bliebe ihm immer noch seine unbeschreibliche Tiefe als Ausflucht ins Eigene. Was zu glauben mir durchaus naheläge. Das käme mit der Erfahrung überein, wie sehr das ganz inkommensurable Dasein jeder unserer tiefsten Entzückungen von Dauer und Verlauf sich unabhängig macht, sie stehen wirklich senkrecht auf den Richtungen des Lebens, wie der Tod auch senkrecht auf ihnen steht, sie haben mehr mit ihm gemein als mit allen Zielen und Bewegungen unserer Vitalität. Nur vom Tode her (wenn man ihn nicht als ein Abgestorbensein gelten läßt, sondern ihn vermutet als die uns durchaus übertreffende Intensität –), nur vom Tode her, mein ich, läßt sich der Liebe gerecht werden. Aber auch da ist uns überall die übliche Auffassung dieser Größen beirrend im Wege. Unsere Traditionen sind unleitend geworden, dürre Äste, die nicht mehr aus der

Kraft der Wurzel gespeist werden. Und rechnet man dazu die Zerstreutheit, Abgelenktheit und Ungeduld des Mannes, und daß die Frau tief gebend ist nur in den seltenen Beziehungen des Glücks, und daß neben so Entzweiten und Erschütterten das Kind immer schon als Nächstes, sie überholend und doch auch wieder ebenso ratlos steht –, ja, dann gibt man bescheiden zu, daß wir's recht schwer haben.

Lassen Sie alles zwischen uns sich freundlichst fortsetzen von einem Mal zum anderen.

Rainer Maria Rilke

Schloß Berg am Irchel,
(Kanton Zürich), Schweiz,
am 7. März 1921

Wenn kleine Tatsachen zuweilen imstande sein können, mehr zu erweisen als große Versicherungen, so möge nun für die Ausdauer meiner Teilnehmung der Umstand sprechen, daß ich, gleich nach dem Eintreffen Ihres Briefes, mein Adressenbuch aufgeschlagen habe, um Ihren neuen Wohnplatz dort sorgfältig zu verzeichnen: ich kann versichern, den Namen schön hingeschrieben zu haben, unwillkürlich, denn wie sollte man nicht bis in die Hand hinein die Freude empfinden, die Stelle eines ›vollkommen gestillten Daseins‹ anzumerken?

Erst wollte ich sagen, daß Ihr schöner Brief nicht leicht zu verstehen sei –, aber das wäre nicht genau: es ist nur schwer, dieses Verstehen, dieses Verstandenhaben zu erweisen: denn alles, was Sie aus dem Erleben heraus nun aussprechen, dürfen nur Sie allein versichern; der vorsichtigste Bestätiger wäre schon in Gefahr, Sie in irgendeinem Moment eines unbeschreiblich sich abwandelnden Zustandes festzuhalten und damit die unwillkürliche Freiheit zu stören, die Ihnen das Ausmessen dieser neuen Verhältnisse nach allen Seiten hin bereitet. Dem Einsamen gegenüber darf man viel wörtlicher sein: die Einsichten eines anderen stecken ihm gewissermaßen die Geräumigkeit ab, zu welcher er sonst, als zu einem durchaus Maßlosen, keine Beziehung gewinnt –, für den aber, der sich in glücklichen Wechselwirkungen erfährt, ist der Lebensraum von Realitäten erfüllt, und er dürfte weder bei einer Entdeckung festgehalten noch auf die nächste vorbereitet sein. Seine Aktivität ist der des Einsamen durchaus entgegengesetzt, sie ist zentrifugal und die Gravitation, die sich in ihr auswirkt, unabsehlich.

Wenn so mein eigentliches Verstehen nicht zur Aussprache sich fügen mag, so fürcht ich doch weniger, Sie zu unterbrechen, wenn ich Sie die besondere Art Freude erkennen lasse, die Sie mir mit jedem Wort Ihrer neuen Erfahrungen bereiten. – Nun mußte freilich etwas kommen, was Sie aufnahm; da aber diese Erfüllung, als eine großmütigste und in sich reichste, eingetroffen ist, so zeigt sich, daß Sie nicht allein ihrer bedürfend, sondern auch der vollkommensten würdig waren. Ach, hätt ich doch damals, als zu Ihrer Einsamkeit auch noch der Abbruch alles Gewohnten bedrängend hinzukam –, hätt ich doch damals etwas von der Verwöhnung im Vermögen gehabt, die Ihnen zuzuwenden jetzt so leicht fällt: selten geschieht es, daß ein Mensch in einer beglückenden, erfüllenden Fügung sich tiefer und ernster erkenne; den meisten scheinen dann die Ergebnisse ihrer vorhergehenden Einsamkeit schwermütige Irrtümer, sie werfen sich in die Blendungen des Glücks und vergessen und verleugnen den Kontur ihrer inneren Wirklichkeit. *Ihre* Vorbereitung aber ist gründlicher gewesen, Sie haben nichts in ihr Erkanntes aufgegeben, ja alle Einsichten Ihrer Not und Abgeschiedenheit erscheinen nun recht wahrhaftig in den großen Glanz des strahlenden Empfangens und widerstrahlenden Gebens hineingerückt, mitten hinein –, und dadurch erst bekommt Ihre Beglückung diese reine Berechtigung, diese Sicherung, diese tiefe Gefahrlosigkeit (: so daß Sie sich erst in ihr als ein ›Unzerstörbares‹ erkennen durften), weil Sie eine Aussteuer, die vielen zu ernst geschienen hätte, in die neuen Klärungen stark und aufrichtig mitgebracht haben.

Neben dieser großen ergeben sich mir mehrere Nebenfreuden aus Ihrer Nachricht. Wie ist nun auch Michael belohnt für das zeitweise Entbehren des alten Gartens, – und wie beglükkend mag es nun für Sie alle sein, der weit voreilenden Jahreszeit gärtnernd nachzukommen.

Von mir: Ich bewohne dieses alte Schlößchen, Berg, ganz allein, den Park und seine Fontäne vor den stillen Fenstern; das ist nun endlich die Zurückgezogenheit, die ich mir, seit ich in der Schweiz bin, für die innere Wiederaufnehmung der Arbeit erhofft habe: die, aber selbst unter diesen ihr günstigsten Bedingungen, ist lang und langsam!

Rainer Maria Rilke

Château de Muzot sur Sierre, (Valais),
am 27. Dezember 1921

Sie haben diesmal ein Ihriges, überaus Liebes dazu beigetragen, der unwillkürlich gesteigerten Erwartung der Weihnachtszeit recht zu geben: Ihr Brief kam am Weihnachtsabend zu mir –, und was sein Wunderbarstes sein möchte, daß alles Seinige so völlig dieser eigentümlichen stillen Stunde gewachsen –, ihr so im ganzen rein beiträglich war: alles, was Sie erzählen konnten. Ja, wissen Sie denn (frag ich mich oft seither), wie *viel* es ist, und ahnen Sie's denn genug voraus, was

Ihnen später (wie das Leben sich auch gestalte) diese Jahre der Leistung und Befreundung im Besten des Menschlichen und des Irdischen bleiben werden? Ach, glauben Sie's nur, es ist viel, es ist das meiste, was einem gewährt sein kann, – dieses Gebückt- und Gebundensein in eine greifbarste Arbeit, zugleich mit der fortwährenden Bewährung einer liebevoll einverständigten, gleichgesinnten Freundschaft; zugleich mit dem Gedeihen und Aufwachsen Ihres Kindes, dem soviel Wachstum zum herzhaftesten Beispiel, in seinen Spielen, ausschlägt. Und wenn *das* nicht genügte, Sie zu überzeugen, so bestätige die Reinheit Ihres Aufblicks Ihnen die Stärke, die Gnade, das unsägliche Rechthaben Ihrer Verfassung: wie Sie die Maßlosigkeit der Stadt erleben durften und gleich daneben das Maß der Geige – und gleich darauf das Übermaß des Meers: und alles, wie ein Engel es erleben würde, der für eine Weile durchs Menschliche ginge! – Ich sage Ihnen das alles so ausdrücklich, daß Sie nur begreifen, wie sehr es ein Weihnachtsbrief geworden war, – denn damit allein, Ihnen Ihr Erlebnis in einem tiefen, steigernden Spiegel zurückzuzeigen, kann ich Ihrer schönen Zuwendung hinreichend dankbar sein. Nennen Sie das, was Sie da brachten, nicht ›Allzupersönliches‹. Nur ein kleiner Schritt noch, und es wäre ja wieder das Allgemeinste, zuletzt Gültige, das Gründliche des Lebens, der Drang nach seinen Grundfarben und zuletzt wieder nach dem unendlichen Licht, in dem sie alle, unerschöpflich, sich aufgeben.

Auch die kleinen Bildchen rücken den Brief keineswegs in das ›Allzupersönliche‹; ich habe mich so sehr gefreut, daraus von Ihnen allen, ja sogar von vielen Ihrer Blumen angeschaut zu sein, und habe ordentlich stillgehalten, daß mich alles auch richtig gewahre. Dieses Land, mit dem Sie da ringen, wird es Ihnen, in seinem unschuldigen, blumig nachgebenden Widerstand, nicht etwas wie den Kampf Jakobs bereitet haben!? Über der Betrachtung der kleinen Bilder denkt man an weite Strecken, in einem noch rar besiedelten Gebiet –, wie geht es zu, daß das im verhältnismäßig dichten

Weimarischen zu finden war? – Nun erfahren Sie im Täglichsten das Wesen Ihrer drei bisherigen Elemente: des Himmels, des Baums und der gepflügten Erde –, ihre Verschlossenheit und die Gewalt ihrer Erschließungen; aber daß Ihnen, um des Innen-Raums willen, nun auch noch die vierte Dimension des Meeres erlebbar geworden ist, schafft das nicht ein nahezu meisterhaftes Daseins-Gleichgewicht?

Sie sehen nun, nicht wahr, welche Freude, welche teilnehmendste Bewegtheit Ihr Brief zu stiften vermocht hat –, und indem der meine Ihnen *das* ins Bewußtsein zurücklegt, gehört er nicht unpassend in jenen kleinen, irgendwie ausgesparten Vorraum eines neuen Jahrs, der jedesmal zwischen

Weihnachten und dem Wechsel der Jahreszahl sich zu bilden scheint. Sie so einsehen heißt schon wünschen, nicht wahr: ich lasse, zum Überfluß, eines der roten schwarzbepunkteten ›Glückskäferchen‹, wie sie in meinem Arbeitszimmer, ein bißchen verträumt, überwintern, über den Briefbogen klettern –.

Soll ich ein Schließliches von mir sagen: Sie sehen die veränderte Adresse. Im Mai mußte das gute Berg, das mir so freundlichen Schutz gegeben hatte, einen Winter lang, verlassen werden; ich stand wieder mal vor dem völlig Ungewissen, sehr bangen Herzens, denn die Arbeiten, für die ich mich in Berg eingeschlossen hatte, waren kaum einen halben Schritt vorwärts gekommen. So verging mein ganzer Sommer in einer ratlosen und sehr bedrängten Vorsorge um den kommenden Winter, diesen, der durchaus ähnlich stille, einsame und schützende Verhältnisse gewähren sollte. *Wie* die finden –, da doch (wie Sie sagen) die ›Welt brennt‹! Eine Weile sah's aus, als müßte ich die Schweiz verlassen –, was meine Bodenlosigkeit mir völlig würde unterschoben haben –, denn draußen hätte das ›Wohin‹ erst recht gespenstische Täuschungen mir zugemutet. Fast nur, um einen größesten Abschied mir zu gewähren, reiste ich ins Wallis, diesen großartigsten (dem Begriffe nach schon fast nicht mehr schweizerischen) Kanton –, der mir, da ich ihn mir zuerst, ein Jahr früher, entdeckt hatte, zum ersten Mal wieder die verlorene offene Welt hervorrief: so sehr erinnerte seine zugleich gewaltige und unsäglich anmutige Landschaft an die Provence, ja sogar an gewisse Erscheinungen Spaniens... Hier, durch den seltsamsten Zufall, fand ich ein seit Jahrhunderten nicht mehr ständig bewohnt gewesenes Manoir, und von da ab war's ein langer Kampf um und endlich *mit* diesem starken alten Turm –, der (aber es ist noch nicht lange her) mit etwas endete, was immerhin Sieg heißen dürfte, insofern ich nun nämlich wirklich darinnen mich gehalten und winterlich eingenistet habe! Es war keine kleine Sache, Muzot zu ›bändigen‹ –, und ohne den Beistand eines Schweizer Freundes wäre die ganze Eroberung, an praktischen Unüberwindlichkeiten, wieder gescheitert. – Sie sehen, meine Behausung (freilich bin ich ganz allein darin mit einer Wirtschafterin) ist nicht größer als die Ihrige. Das kleine Bild zeigt allerdings nicht ganz den heutigen Zustand. Die Aufnahme muß vor 1900 hergestellt worden sein. Um diese Zeit änderte sich der Besitzer, und das alte Manoir erfuhr eine gründliche Restauration, die, zum Glück, nicht viel verändert und nichts verdorben hat; es wurde eigentlich nur der zunehmende Verfall aufgehalten. Ein kleiner Garten kam dazu, der sich recht gebärdig um das Gemäuer gruppiert und befestigt hat. Meine schönste Überraschung war, im Inneren einen der landestümlichen Speckstein-Öfen von 1656 zu finden, Balkendecken aus der gleichen Zeit und sogar sehr gut gearbeitete und schön gealterte Tische, Truhen und Stühle, die auch alle im Schnitzwerk rühmliche Daten des siebzehnten Jahrhunderts aufweisen. – Das wäre (für einen Menschen, der so intensiv das Überstehen und Überliefern der Dinge in sich fortzupflanzen weiß, wie ich es seit Kindheit gekonnt habe –) auf alle Fälle viel; aber es wird zum großmütigsten Überfluß durch die Umgebungen dieses geräumigen Rhônetals, das mit seinen Hügeln, Bergen, Burgen, Kapellen, seinen einzelnen herrlichen, an der rechten Stelle wie Rufzeichen aufgerichteten Pappeln, seinen anmutig, mit dem Schwung von Seidenbändern, um die Weinhänge gelegten Wegen –: so recht an jene Abbildungen gemahnt, über denen man als Kind zuerst von der Weite und Offenheit der Welt und der Lust zu ihr ergriffen wurde.

Wie schön, wie nach seinem Recht würde das alles (denk ich eben) in Ihrem Aufblick dastehen!

Und damit grüß ich Sie.

Rainer Maria Rilke

Château de Muzot sur Sierre
(Valais), Schweiz,
am 19. Mai 1922

Ihr schöner herzstimmiger Brief, damals im April! Aber wie weit blieben Sie hinter seiner Fähigkeit, zu mir zu sein, zurück, als Sie, am Schluß, den Wunsch aussprachen, ich möchte ihn ›freundlich‹ aufnehmen; Sie hätten, um der Wahrheit näher zu kommen, schon ›freudig‹ sagen müssen –, und dieses Freudig wäre sehr groß zu schreiben gewesen. *Wie* Gutes Sie zu berichten hatten, *wissen* Sie denn völlig, wie gut das ist, was Sie erzählen?: zuweilen, vielleicht, merken Sie den Anschlag an das reine harte Metall der Tatsachen, aber ich hier, wenn Sie so ehrlich und fest dran rühren, vernehme den Klang, den Glockenklang und erfahre das, was es im Raume gilt, in seiner Freiheit und Weite.

Ihr ganzer mühsamer und unerbittlicher Winter, in seiner Härte, muß wie eine Art gefrorener Froheit gewesen sein, ein Block reiner starker Zukunft, der sich nun gelöst hat (wünsch ich), flutend, rauschend, in den Frühling hinein. Nun grüßen unsere Gärten einander! In meinem (freilich wenig selber mittuend, weil mir Übung, Erfahrung und Griff fehlen) hab ich mehr als hundert Rosen angesiedelt, meine Mitarbeit an ihnen beschränkt sich auf die

Arbeit des Begießens jeden Abend –, das läßt sich nicht sehr abwandeln; daß man gerecht sei, ist alles; und doch, vielleicht, da es überall auf die Nuance ankommt, wenn man's aufmerksam und zugleich nachdenklich besorgt, läßt sich auch da mit dem still ausgeteilten Wasser, bescheiden, etwas Eigenes hinübergeben und einflößen ins unendlich aufnehmende Wachstum.

Was mich erstaunt und beschäftigt, ist Ihre starke und beholfene Kraft, mit der Sie sich, in den schwierigsten Umständen, so tüchtig an Ihr Land anwenden; *mir* fehlt die Geschicklichkeit dafür und die Ökonomie der Handlung, versuch ich's manchmal, so ist's nicht ohne Hast, und was widerspräche dem Gärtnern mehr als Eile, als Überstürzung? Aber vom Geistwerk zu solchem Handwerk überzugehen, welche Freude und Frische ergäbe das; wie könnte eines vom anderen lernen und Vorteil ziehen, hätt man nur hier und dort Metier, Sicherheit, Erfahrung, Haltung, mit einem Wort: Können. Ich werde wohl im *inneren* Gärtnern mein Bewenden haben müssen und dem anderen zuschauen, tiefer zuschauen, womöglich, wie ich Ihren Blumen und Briefen zuschaue (die beide im gleichen Glauben aufgehen).

Mein inneres Gärtnern war herrlich diesen Winter. Das plötzlich wieder heile Bewußtsein meiner tief bestellten Erde ergab mir eine große Jahreszeit des Geistes und eine lange nicht mehr gekannte Stärke des Herzstrahles. Die mir über alles lieben (1912 in großartiger Einsamkeit begonnenen und seit 1914 fast ganz unterbrochenen) Arbeiten konnten wieder aufgenommen –, konnten, unter unendlicher Fähigkeit, zu Ende gebracht werden. – Daneben ging eine kleine Arbeit her, fast ungewollt, ein Nebenstrom, über fünfzig Sonette, die *Sonette an Orpheus* genannt, und geschrieben als ein Grabmal für ein jung verstorbenes Mädchen. (Sieben daraus hab ich für Sie in ein kleines Heft eingetragen, das ich hier beifüge.) Wäre diese Auswahl größer geworden, oder könnte ich Ihnen die andere, die große Hauptarbeit vorlegen –, Sie würden merken, wie, an manchen Stellen, die Ergebnisse unserer Winter einander ähnlich sind. Sie schreiben von dem in jedem Moment schon Erfülltsein, schon Überreichsein des inneren Daseins, von einem (wenn man nur recht zusieht) alle später möglichen Entbehrungen und Verluste schon von vornherein überwiegenden und gleichsam widerlegenden – Besitz. – Genau dies habe ich diesen langen Winter in der Tiefe meiner Arbeit erfahren, mehr und unwiderruflicher, als ich es bisher wußte: daß das Leben jedem späteren Armwerden mit den seine Maße übertrefflichsten Reichtümern schon längst zuvorgekommen sei. – Was also bliebe zu fürchten? – Nur, daß man dies vergäße! Aber um uns, in uns, *wie*viel Hülfen zur Erinnerung!

Rainer Maria Rilke

Château de Muzot sur Sierre
(Valais), Schweiz,
am 2. Februar 1923

Die gleichen Ängste und unaussprechlichen Überstürzungen, die Sie so leiden machen, lassen mich mehr und mehr verstummen; Ihren bewegten vorletzten Brief zu erwidern, liebe Freundin, wie oft hatte ich mir's vorgesetzt und es aufgeschoben für die bessere und glücklichere Stunde: damit Sie ganz erfahren könnten, wie er (mit seinem großen Vier-Blatt) bei mir, zu Herzen, empfangen war. Aber mein Sommer und erst recht mein Herbst waren von viel Unsicherheiten heimgesucht, und wenn ich nun versuche, einsam in meinem alten Turm, diesen Winter dem guten vorigen möglichst anzuähneln, so hat auch das seine Mühe, teils, weil die Gesundheit weniger gleichmäßig ist, teils wegen jener eindringlichen Verstörungen, die die wieder ins Ärgere stürzenden allgemeinen Verhältnisse allem, was man beginnen mag (genau, wie es im Kriege war!), mitteilen. Was das angeht, so kann ich manchen Satz, den Sie schreiben, wörtlich für mich in Anspruch nehmen; den: ›Schon gehört am Tage die Hälfte meiner Gedanken nicht mehr mir, und die Nächte sind voll fiebriger Visionen.‹ Den und andere … Denn mir geht es nicht anders. – *Was* geschieht? Und was sind *wir* in diesem Geschehen? – Es ist, auch immer noch wie im Kriege, aufdringlich und dabei doch kaum uns angehend, ein fremdes Unglück, in das man mit verwikkelt wird –. Ist's nicht oft, als könnte man in *einem* Atemzuge sich darüber hinüberheben? – Oft auch, wie man im Gehen durch Sommerwiesen an ein niedres Blühen streift, das antwortet mit freiwerdendem Duft, gerät man an irgendeine unscheinbare Tröstlichkeit im Gemüt, die sich gleich, wie aus zurückgehaltenen Überflüssen, mitteilt ... Ihr Brief selber ist voll solcher Überraschungen, voll von diesen reinen Wohlgerüchen des Herzens, die nur der kennenlernt, der durch ein völliges Armsein gegangen ist.

Für mich, so wie ich alles sehe und es, meiner Art und Anlage nach, erleben muß, besteht kein Zweifel, daß es Deutschland ist, das, indem es sich nicht erkennt, die Welt aufhält. Die vielfältige Zusammensetzung und weite Erziehung meines Blutes gewährt mir eine eigentümliche Distanz, dies einzusehen. Deutschland hätte, im Jahre 1918, im Moment des Zusammenbruchs, alle, die Welt, beschämen und erschüttern können durch einen Akt tiefer Wahrhaftigkeit und Umkehr. Durch einen sichtlichen, entschlossenen Verzicht auf seine falsch entwickelte Prosperität –, mit einem Wort: durch jene Demut, die so unendlich *seines* Wesens gewesen wäre und ein Element seiner Würde und die allem zuvorgekommen wäre, was man ihm an fremdartiger Demütigung diktieren konnte. Damals – so hoffte ich einen Augenblick – sollte in das seltsam einseitig und einwillig gewordene deutsche Gesicht der verlorengegangene Zug jener Demut, die in den Zeichnungen Dürers so konstruktiv anmutet, wieder eingetragen, nachgetragen werden! Vielleicht waren ein paar Menschen da, die das fühlten, deren Wünsche, deren Zuversicht nach einer solchen Korrektur gerichtet waren –, jetzt beginnt es sich zu zeigen und schon zu rächen, daß sie *nicht* geschehen ist. – Etwas ist ausgeblieben, was alles ins Maß gerückt hätte; Deutschland hat versäumt, sein reinstes, bestes, sein auf ältester Grundlage wieder hergestelltes Maß zu geben –, es hat sich nicht vom Grunde aus erneuert und umbesonnen, es hat sich nicht jene Würde geschaffen, die die innerste Demut zur Wurzel hat, es war nur auf Rettung bedacht in einem oberflächlichen, raschen, mißtrauischen und gewinnsüchtigen Sinn, es wollte leisten und hoch- und davonkommen, statt, seiner heimlichsten Natur nach, zu ertragen, zu überstehen und für sein Wunder bereit zu sein. Es wollte beharren, statt sich zu ändern. Und so fühlt man nun: ... etwas ist ausgeblieben. Ein Datum fehlt, an dem Anhalt gewesen wäre –. Eine Sprosse fehlt in der Leiter, daher die unbeschreibliche Besorgnis, die Angst, das ›Vorgefühl eines jähen und gewaltigen Sturzes‹ ... Was tun? Halten wir uns jeder auf unserer *noch* stillen, *noch* verläßlichen kleinen Lebens-Insel, das Unsere leistend auf ihr, das Unsere leidend und fühlend. Die meine ist mir nicht ständiger und nicht gesicherter als Ihnen die Ihre –, ich bin Gast, wo Sie Pächter sind; aber nun soll wirklich Ihre Frist im Herbst abgeschnitten sein, nachdem Sie ihm, dem Pachtherrn, sein Land geweckt und entwikkelt haben in dreijährigem Umgang? Besteht *keine* Möglichkeit, ihn eines Besseren zu überzeugen? Ich kann mir denken, wie unendlich schwierig es ist, jetzt eine ähnliche andere Stelle zu finden –; nach Argentinien zu gehen entspräche wenig Ihrer Einstellung und Ihrem Bedürfnis, Anschluß zu haben an ein vertraulicheres, irgendwie doch mitwissendes Erdreich –, außerdem sind ja auch dort die Verhältnisse nicht mehr, wie einst, den Mut und die Kräfte begünstigende... Aber welches Ergebnis doch, welcher volle große Ertrag, wenn Sie die Weimarer Jahre überschauen? So sicher ist dieser Gewinn, daß, hätten Sie nicht daran gedacht, im Verlauf Ihrer dritten Briefseite, den Strich zu ziehen und die Summe andeutend zu formen, ich doch die gute gesunde Fülle aus Ihren – selbst noch den beängsteten – Zeilen, wie aus Spalieren, im Lesen würde ausgelöst haben. Das läßt mich, weiter und immer, das Gute für Sie hoffen, das ich Ihnen wünsche und das zu lieben Sie so tief fähig geworden sind.

RMR.

Château de Muzot sur Sierre
(Valais), Schweiz,
am 27. Januar 1924 (Sonntag)

So haben wir jeder der Schweigsamkeit des anderen mit Sorge zugesehen! Meine erste Gebärde war, Ihren Brief umzudrehen –, und als ich die alte Adresse erkannte, meinte ich schon fast, ein Teil meiner Besorgnis sei überflüssig gewesen. Aber nun war er es nicht! Ja, Ihr Blatt zeigt mir, wie schwer alles für Sie geworden ist. Ich kann mich nicht gleich hineinfinden, daß es so sei, wie Sie schreiben, aber das ist nicht das Verständnis, das mir abginge, ich verstehe Ihre Ratlosigkeit, Ihre Ermüdung, diese tiefe und reine Enttäuschung Ihrer Natur, nun, nach so viel wirklicher Leistung, nicht von etwas Erreichtem umgeben zu sein. Mehr als ich sagen kann, hab ich mit Ihnen daran geglaubt, daß sich dies lohnen müsse, dieses redliche Erringen an der Erde..., ja, wenn ich mir genau zusetze, so sehe ich, mein Glauben ist noch nicht aufgegeben. Ist nicht ein Moment der Besinnung möglich –? Sie schreiben von sich überstürzenden Plänen? Hat man nicht zu viele gemacht, ist nicht einer da, der noch in Betracht zu nehmen bleibt, ein näherer vor diesem großen Fortgehen? Die Verfassung, aus der heraus Sie zu mir sprechen, ist nicht die, in der man große

Beschlüsse fassen dürfte. Tun Sie alles, würde ich raten, noch nichts zu entscheiden. Wenn schon, als ob nichts erreicht sei, alles noch wieder von vorn beginnen soll, Sie müßten unbedingt Ferien einschieben, ein Aufatmen, eine wenn auch noch so kleine Sorglosigkeit zwischen den Nöten. Und ein solcher Wiederanfang auf neuer Scholle: *muß* es wirklich im neuen Weltteil sein, ist keine Stelle Erdreich zu finden gewesen, das Sie in Deutschland fortsetzen könnten?! Aber wie müßig freilich, das von hier aus zu fragen, wo Sie ja versichern, daß es so sei. Nur, da Sie immerhin das Wort ›überstürzt‹ gebraucht haben, wie sollte der Freund Sie nicht erinnern, daß an solcher Wende das Übereilte zu Schaden führt.

Ach, und wie sollte er Sie nicht in seinem Gemüte verstehen, wenn Sie meinen, jetzt ›Stille und Verläßlichkeit‹ zu verdienen... Es scheint, daß es Länder gibt, wo diese Einflüsse nicht mehr auszusparen sind im Gedräng aller. Immer wieder erweist es sich für jeden von uns, daß *das* nicht eintrifft, was sich in einer weniger verstörten Welt sonst ›gefügt‹ haben würde, um das Gleichgewicht für irgendeine innere Lage herzustellen –, die *Fügung* fehlt, das, womit uns sonst erwidert wurde, wenn wir am Ende einer Leistung angekommen waren, das ›Spiel‹ fehlt, das wunderbar arglose Spiel der Umstände, das Möglichkeiten, Wendungen, Bestimmungen unterschob, wie wir ihnen unwillkürlich entgegengekommen waren ..., das ruhige Antworten aus dem Schicksal, das sonst eintraf, sobald eine wahrhafte Frage – oft wußten wir kaum von ihr – in uns erwachsen war. Ich sehe einige Menschen gegenwärtig, die in Not sind, weil ihr natürlicher Lohn ausgeblieben ist. Die aus Habgier oder Verzweiflung Ruhelosen sind allein unerstaunt, im Weiterdrängen nicht unterbrochen zu werden; sie kennen keine innere Ankunft. Ich bin, in diesem Augenblick, ganz mit Ihnen, ich versuche zu verstehen, was Sie durchmachen, es fällt mir nicht schwer, in Ihrem Herzen zu sein. Aber ich bin ohne Rat! Ich merke, daß Ihnen Unrecht geschieht, aber seit dem Kriege ist das Unrecht eigentümlich eindringlich geworden, und man hat keine Zuflucht vor ihm als im letzten inneren Bestand. Und dort sind ja auch Sie, über der Arbeit dieser Jahre, stärker geworden, unangreifbarer, sicherer. Daß Sie sich das jetzt nicht sofort bewähren können, darf Sie nicht beirren. Die Ermüdung, die Enttäuschung, die fortwährende Beunruhigung entzieht Ihnen die Verfügung über sich selbst, und so scheint es Ihnen auch, als entfernten Sie sich von allem Vertraulichen.

Ich war, denken Sie, immer wieder aufgehalten, Ihnen die Elegien zu schicken..., ich vermutete Ihre Ablenkung und daß es nicht die Zeit sei, Ihnen ein großes und oft schweres Lesen vorzuschlagen. Dabei war ich auch selber in allem gehemmt durch ein immer wieder einsetzendes Unwohlsein, das noch neulich so lästig wurde, daß ich mich (wie schon im Sommer) unter die Beobachtung eines Arztes stellte, aus der ich erst seit einer Woche wieder entlassen bin. Seit dreiundzwanzig Jahren, in wieviel Ländern und Lagen, bin ich immer allein mit allen Störungen des Körpers fertig geworden, und meine Verbindung mit ihm ist im ganzen so genau, daß es nun den Anschein hat, als müßte der Arzt wie ein Keil in das gewohnte Gefüg unserer Einheit hineingetrieben werden. Ein helfender Eindringling! Immerhin, ich hab es gut getroffen, da ich an einen Helfer kam, zu dem ich bald wie zu einem Freunde sprechen konnte; wir einigten uns, soviel als möglich alle Medikamente auszuschließen und die Natur, da sie sich bei mir durch Jahrzehnte als gutgewillt erwies, nur leicht in jenen Schwankungen zu unterstützen, durch die sie offenbar zu einem neuen Gleichgewicht vorzudringen versucht. Ich habe nie genaue Grenzen gezogen zwischen Leib und Geist und Seele: eines hat ins andere gedient und gewirkt, und jedes ist mir wunderbar und köstlich gewesen ... So daß nichts mir neuer und fremder wäre, als einem nachlassenden und kränkelnden Körper ein geistiges Prinzip, überlegen, gegenüberzustellen. Die Unlust und Unfähigkeit zu solcher Einstellung bringt es mit sich, daß ich durch körperliche Störungen mehr als ein anderer beeindruckt werde: ging doch alles, was mir gelang, ja jede Einsicht, aus einer gemeinsamen Froheit aller meiner Elemente, aus ihrem Einklang hervor.

Genug; ich rede ungern von alledem und würde es kaum ertragen, als Kranker, jemanden um mich zu haben; ein ganz animalischer Wunsch des Sichverkriechen-und-versteckenwollens bestimmt dann alle meine Bewegungen. Hier, heute, ließ ich mich trotzdem (ausnahmsweise) so ausführlich gehen, weil jede kürzere, nur andeutende Nachricht das Gefühl meiner Nähe, das ich Ihnen so gern in diesen Blättern mitteilen wollte, zerstört haben würde.

Daß Sie doch alles für mich aufgeschrieben, was Ihnen im Verlauf dieser zusetzenden Tage an Gedanken, Wünschen und Befürchtungen sich aufdrängen mag; nicht, daß ich immer zu antworten versprechen dürfte. (Sie können sich vorstellen, was für Unterlassungen in Arbeit und Korrespondenz bei mir angewachsen sind, während ich abwesend oder nicht leistend war.) Aber ich wäre unterrichtet; und je besser ich es bin, desto wesentlicher und inniger könnte mein Wort sein, wenn es Sie wieder in gewissen Abständen erreicht.

RMR.

Château de Muzot sur Sierre
(Valais), Schweiz,
am 11. Februar 1924

Ja, auch mir war es Wunders genug, nach Ihrem vorletzten Brief diesen neuen ankommen zu sehen, der, wie mit lauter kleinen frohen Spiegeln, die Lichter auffängt, die inzwischen aufgegangen sind! Die schienen mir recht eingelassen ins neue Firmament, so daß ich kaum daran denke, um ihren Gang und höheren Aufstieg ins Klare besorgt zu sein; wohl aber denke ich jeden Tag an *Sie*, daß Sie recht unter ihrem Einfluß bleiben und fähig, den Winken des neuen Himmels genau nachzugehen. – Und sonst, meinen Sie nicht, allzu nachgiebig zu sein, wenn Sie sich so verwandelbar bereit fühlen, die Gestalt eines Schicksals anzunehmen, einzufließen in die unvermutet eröffnete Form einer ausgebildeten Zukunft? Fühlen Sie nicht mehr und mehr hinter den extremen Möglichkeiten dieses Gehorsams die *Konstante* der herzlichen, zugleich scheuen und gewagten Unterwerfung? Und was heißt leben, als eben dieses Wagnis, eine Form auszufüllen, die einem dann eines Tages von den neuen Schultern gebrochen wird, damit man, frei in der neuen Verwandlung, sich mit allem ins gleiche Reich verzauberten Wesen vertraut mache?

So, wie Sie nun dastanden, nach so viel schlichter und gültiger Leistung, demütig und doch dabei mit einer reinen Erwartung, irgendwie anerkannt zu sein, konnte – würde ich meinen – nichts Falsches Sie anreden und anrühren ...; die Stimme, die rief, verdient sicher Vertrauen, verdient Ihr großes Gehör, verdient Freude.

R.

Erinnerung an meinen Nachbarn
von Romain Rolland

Wir wohnten seit zehn Jahren ein paar Türen voneinander entfernt, er in der Rue Campagne-Première 17, ich am Boulevard Montparnasse 162. Unsere Fenster gingen auf dieselben schönen Klostergärten mit ihrer friedlichen Stille, ihren jahrhundertealten Bäumen, ihrem Vogelgesang. Und doch kannten wir uns nicht, wir lebten einer so zurückgezogen wie der andere und unterbrachen unsere Einsamkeit durch Reisen ins Ausland, wenn unser schmaler Geldbeutel es erlaubte, schotteten uns aber ab gegen Paris, das so schön, so anziehend und so verletzend war ... *Odi et amo ...*

Es war Stefan Zweig, der uns miteinander bekannt machte. Schon immer hatte er den seltenen Instinkt gehabt, eher als andere das zu entdecken, was in der Kunst rein ist und was sich verborgen hält: Er bezeigte Rilke eine Verehrung, die von seiten eines Schriftstellers, der damals in der literarischen Welt Deutschlands und Österreichs ein viel größeres Ansehen genoß als der Mönch der Rue Campagne-Première, geradezu rührend war. Er stufte Rilke weit höher ein als die anderen Dichter Deutschlands, höher als Hauptmann und Hofmannsthal, trotz ihres glanzvollen Ruhms. Er prophezeite ihm dank seiner strengen und beharrlichen Geistesdisziplin einen sicheren Aufstieg.

Am 17. März 1913 brachte er uns im Restaurant *Bœuf-à-la-Mode* nahe dem Palais-Royal zusammen, in Gesellschaft von Verhaeren und Bazalgette. Und dann wurden die Gespräche im Hotel Beaujolais, in Zweigs Zimmer mit Blick auf den Garten des Palais-Royal, bis zum späten Nachmittag fortgesetzt.

Man konnte sich keinen stärkeren Gegensatz vorstellen als zwischen Verhaeren und Rilke, die beide auf ihre Art liebenswert waren. Mit ersterem war ich bereits befreundet. Der großgewachsene rotgesichtige Gallier mit langem Schnurrbart und üppigem grauem

Haar strömte über von menschlicher Wärme und einem unaufhaltsamen Wortschwall. Ihm gegenüber erschien mir der charmante Rilke (ich gebe meine Notizen wieder) als ein »kleingewachsener, rosiger Mann, anfangs ein wenig schüchtern, aber rasch Mut fassend im kleinen, freundlichen Kreis und alsbald seinerseits redselig, aber auf eine anmutige, kindliche, poetische Weise«. Verhaeren sprach über seine erste Zeit in Paris, wie er Banville vorgestellt wurde, der sich für den jungen Richepin stark machte und sich für Mallarmé nicht erwärmte (den Verhaeren verehrte), von Brandès, der Renan sehr mochte (welchen Verhaeren nicht leiden konnte) und der ihn 1886 als erster auf den Namen Nietzsche hingewiesen hatte. Er befaßte sich damals mit einer Studie über die französische Malerei, die er, wie mir schien, eher leidenschaftlich als kenntnisreich beurteilte. Rilke erzählte in aller Ruhe von seinen beiden Besuchen bei Tolstoi in Moskau und Jasnaja. Und er begeisterte sich für Spanien, wo er sich zweimal aufgehalten hatte, in Ronda (ich hätte ihm dort begegnen können). Seine Begeisterung für Spanien wurde von allen Tischgenossen geteilt.

Gegen Ende der Mahlzeit unterhielten wir uns über ein utopischen Projekt einer Zeitschrift, ein wenig nach der Art der *Correspondance Littéraire* von Grimm und Diderot, worin die bedeutsamsten Ideen der großen westlichen Länder gebündelt werden sollten.

Am moralischen und intellektuellen Fundament der europäischen Einheit zu arbeiten erschien uns als unbedingte Pflicht und lag mir besonders am Herzen…

So wenig wir miteinander gesprochen hatten, Rilke und ich, mit unseren Augen hatten wir uns verständlich gemacht. Nur wenige Tage später kam Rilke mich besuchen. Ich war nicht zu Hause. Aber ich ging zu ihm. Das war Anfang April. Er war in seinem Atelier-Zimmer im dritten Stock, in dem es außer Tischen und Stühlen keine anderen Möbel gab, dafür Platz und Licht. Unsere großen Gärten umgaben uns. Wir plauderten freundschaftlich eine ganze Stunde. Trotz der Vorstellung, die Zweig von ihm hatte, schien Rilke gern lang und gemächlich zu plaudern. Er war sofort vertrauensvoll und gab sich sehr mitteilsam. Er erzählte mir von seinem Leben in Paris, wo er seit 1902 wohnte. Vor allem sprach er bei diesem ersten Mal von Rodin, für den er lebhafte Zuneigung äußerte. Er sagte, er habe das große Glück gehabt, ihn noch zu einer Zeit zu sehen, als Rodin ganz er selbst war. Zwei Dinge bewunderte er an ihm über alles: zum einen seine außergewöhnliche Fähigkeit zur Konzentration; kein Augenblick wurde vergeudet; gleich nach der Rückkehr vom Spaziergang oder zwischen zwei Angelegenheiten vertiefte er sich augenblicklich in sein Werk; nichts sonst existierte mehr für ihn; zum anderen die wunderbare Gabe, sich jederzeit über alles zu freuen, ohne im mindesten auf störende oder unangenehme Umstände zu achten. Als er im Winter mitten im Schneegestöber zusammen mit Rilke, der halb erfroren war, die Fassade der Kathedrale von Chartres bestaunte, bemerkte er weder Wind noch Kälte; und als Rilke ihn darauf aufmerksam machte, sah er ihn ganz verwundert an und sagte: »Um Kathedralen herum ist es doch immer windig!« Ein Körper und ein Geist von unerschütterlicher Festigkeit. Eines Tages kam er höchst beunruhigt zu Rilke: »Ich weiß nicht, was ich habe … Können Sie es mir erklären? Ich war in Dijon, ich habe die Kathedrale besichtigt … Und ich habe mich gelangweilt. Das passiert mir zum ersten Mal im Leben angesichts von etwas Schönem ... Woher kann das nur kommen?« Er mochte El Greco nicht, von dem Rilke sehr eingenommen war. Rilke sagte, auf den Gemälden von Greco sehe man den Himmel, der in Tintorettos Werk fehle. Darauf Rodin mit mildem Lächeln: »Mein lieber Freund, Himmel, das ist doch geschmacklos!« Nicht anders hätte Michelangelo gesprochen. Siehe die Gespräche mit Francisco da Hollanda...

Rilke war André Gide dankbar für die Übersetzung, die er von Teilen seines Werks für *La Nouvelle Revue Française* gemacht hatte. Sie schien ihm nahezu perfekt. Er hätte sich gewünscht, daß Gide eins seiner Werke ganz übersetzte; aber Gide entschuldigte sich mit der Anstrengung, die diese Arbeit ihn kostete: Über den paar Seiten habe er zwei, drei Monate verbracht...

Einige Tage später erwiderte Rilke meinen Besuch. Wir hatten Vertrauen zueinander gefaßt. Ich spürte in ihm eine hingebungsvolle Sympathie, die auf Entgegnung hoffte. Er sprach sich aus, mit lächelnder und (auf nette Art) schwatzhafter Unschuld. Er war froh, einen Teil dessen, was er an seinen langen, einsamen Tagen in sich verschloß, ins Herz eines Freundes auszuschütten. Er erzählte mir von seiner leidvollen Kindheit, von zehn bis sechzehn Jahren eingesperrt in eine Militärschule, die die Hölle war – unter der grausamen Disziplin von früher, die alles Leben erstickte. Gestaffelte Spaziergänge innerhalb der Mauern jenes Gefängnisses, angetrieben von einem brutalen Unteroffizier; verdorbene, gegenseitig sich verderbende Kameraden. Er war dadurch zu einem solchen Grad der Niedergeschlagenheit gelangt, daß er sich sagte: »Da alle dieses Leben als selbstverständlich ansehen und ich allein das Gegenteil finde, bin ich im Unrecht; das Leben ist so; das Leben ist entsetzlich …« Und allein, abseits von allen, war es seine einzige Rettung zuzuschauen, zuzuschauen wie aus einem Fenster. Bei dieser Übung hatte er sehr viel gelernt und seine analytische Fähigkeit entwickelt. Er verließ die

Schule gebrochen und neigte für den Rest seines Lebens zu der Ansicht, daß alle Menschen so seien. Er sagte, daß durch diese harte Jugenderfahrung Dinge in ihm zermalmt, zertrampelt worden seien und nie wiedererstehen würden. Hinzu kommt, daß sein Vater ein ehemaliger Offizier war und in der Familie der älteste Sohn traditionsgemäß Offizier werden sollte. Nun war er das einzige Kind; und daß er sich mit diesem Beruf nicht abfinden konnte, betrübte den Vater zutiefst. Doch er konnte nicht anders, als ihn von der Schule zu nehmen. Das letzte Jahr dort verbrachte er im Hospital. Man behandelte ihn als Verrückten, weil er Dichter sein wollte. Daher rührt seine tiefe Menschenscheu und sein Mystizismus, hinter dem er sich verschanzte und der ihm zur zweiten Natur geworden war. Daher rührt auch das liebevolle Interesse, das er Erziehungsfragen und den Anstrengungen entgegenbringt, die man heutzutage unternimmt, um Kinder kindgerechter aufzuziehen und ihre Eigeninitiative zur Entfaltung zu bringen. (Ach! dieses »Heute« war »gestern«, vor dreißig Jahren ... Was würde Rilke wohl über das gegenwärtige Heute denken?...)

Wir sprachen über viele andere Themen, über Fabre d'Olivet, der ihn ansprach, über unseren gemeinsamen Freund, den holländischen Schriftsteller Frederik van Eeden.. Und ich ließ ihn einige echte altgriechische und gregorianische Melodien hören. Ich wußte, daß sie mit dem Klang seiner Seele harmonierten. Und ich sah dann, daß ich mich nicht geirrt hatte. Er war tief ergriffen.

Bald darauf, am 20. April, verließ ich Paris für den ganzen Sommer. Erst im Herbst sahen wir uns wieder. Und ich habe meine Notizen aus jener Zeit nicht hier – ich habe sie im Ausland gelassen, und im Augenblick gibt es keine Möglichkeit, sie hierherzuschaffen. Ein Brief von Rilke soll diese Lücke indes ein wenig füllen.

Er war am 1. Dezember gekommen, um mir seinen schönen Band über Rodin in der illustrierten deutschen Ausgabe, Insel Verlag, 1913, zu bringen, mit einer liebevollen Widmung;

und er hatte ein Buch von van Eeden und einen Brief beigelegt:

Liebster M. Romain Rolland,

...ich war sehr glücklich über Ihren Besuch. Ich durchlebe eine schlimme Zeit (die übrigens schon etwas zu lang dauert), und wenn ich die Umstände betrachte, die mich ein wenig trösten und mir Kraft geben könnten, so stelle ich ganz zuoberst das glückliche Bewußtsein, Sie als Nachbarn und (wenn ich es zu sagen wagen darf) als großzügigen und nachsichtigen Freund zu haben...[1]

Herzlichst Ihr...

1 Der Rest des Briefes war van Eeden gewidmet, »dem edelmütigen, abenteuerlichen Leben dieses ruhelosen und mutigen Mannes.« – Auch einige bescheidene Worte über sein eigenes Buch.

Danach kam der Krieg. Eine Mauer aus Feuer, ein Strom von Blut trennte uns. Vom Frühjahr 1914 an war ich in der Schweiz, ich blieb dort, um für die Internationale Zentralstelle für Kriegsgefangene des Internationalen Roten Kreuzes zu arbeiten und meine Artikel zu schreiben. Der unglückselige Rilke mußte einrücken. Man stelle sich die tödliche Lächerlichkeit der Kriegsuniform vor, die dem sanftmütigen Dichter aufgezwungen wird, wo es ihn doch noch immer vor dem schaudert, was seine Kindheit geprägt hat! Zweig, der ihn im Dezember 1915 in Wien in dieser Verkleidung gesehen hat, schreibt, er sei ausgezehrt von physischer und geistiger Erschöpfung und habe nicht einmal die Kraft, sich gegen die schändlichen Schläge des Schicksals zu wehren, die ihn wie gewohnt als auserwähltes Opfer trafen. Empörend, was mir Zweig mitteilte: »Rilkes Möbel in Paris, seine Manuskripte, seine Briefe aus den letzten zehn Jahren, seine Bücher sind verkauft und überallhin verstreut worden. Ein ganzes Stück seines Lebens ist brutal zerstört. Kunst- und Gedankenschätze verloren...« Der niedergeschmetterte Rilke hatte nicht einmal versucht, um Hilfe zu rufen...

Ich tat es für ihn. Am 7. Januar 1916 schrieb ich an seine Freunde in Paris. Ich beschwor sie, nicht nur um Rilkes, sondern »um der Ehre Frankreichs willen« alles zu tun, um zu retten, was zu retten war.

Mein Brief war an Copeau gerichtet. Die Antwort kam von Gide, am 11. Januar. (Und weitere Briefe folgten.) Er zeigte sich erschüttert. Er war mit Copeau unverzüglich in die Rue Campagne-Première geeilt. Aber es war bereits ein Jahr vergangen, seit der Verkauf getätigt worden war, und unter welch suspekten Umständen! Eine regelrechte Plünderung. Drei von den vier Räubern waren verschwunden, und der vierte stellte sich dumm, erinnerte sich an nichts. Die gestohlenen Bücher und Möbel hatten insgesamt 538 Francs erbracht! Zum Glück hatte der gute Concierge wenigstens die Briefe und Papiere in Koffern in Sicherheit gebracht. Aber Gide war untröstlich, diese seelische Katastrophe nicht vorausgesehen und verhindert zu haben, die einen ihm teuren Freund traf.

Von den liebevollen Bemühungen zu hören, die man in Paris für ihn unternahm, war Balsam auf Rilkes verwundete Seele. Die Wunde indes war tief. »Er war das Opfer einer ganzen Reihe von Umständen«, schrieb mir Zweig, »und der Verlust seiner Manuskripte und Bücher war nur ein Glied in der grausamen Kette seines Schicksals.«

Und auch dieses Los war nur ein Kettenglied des Schicksals, das Deutschland und Europa im Innersten traf. Noch heute stehen wir in seinem Bann...

Mit einzigartiger Beharrlichkeit wollte es unser Schicksal wenigstens, daß ich, nachdem ich zehn Jahre lang

Rilkes Nachbar in Paris gewesen war, es nun in der Schweiz weiterhin war, zu seinen Lebzeiten und nach seinem Tode. Denn ich wohnte in Sierre, als er dort oben im Schloß Muzot sein Nest einrichtete; und mehr als einmal bin ich die steinigen Hänge hinaufgeklettert, die dorthin führten. Und als er im Sanatorium Valmont starb, in dem ich nur allzuoft Gast gewesen war, hätte ich von meinem Fenster in Villeneuve aus vor dem goldenen Hintergrund des Sonnenuntergangs seinen aus dem Kerker und von den Qualen der Erde befreiten Atem entweichen sehen können. Denn ich habe aus der Nähe die tragischen Tage seines letzten Kampfs, denjenigen gegen die schreckliche und mysteriöse Krankheit, verfolgt. Und ich weiß, daß er diesem letzten Schlag des Schicksals das heilige Schweigen einer stolzen und einsamen Seele entgegengesetzt hat... *The rest is silence*...

1. Dezember 1941

Rainer Maria Rilke wurde 1875 in Prag als Sohn von Beamten bäuerlicher Herkunft geboren, meinte aber lange, von einer adeligen Familie abzustammen. Mit elf Jahren trat er auf Wunsch des Vaters in die Militärschule St. Pölten ein – ein traumatisches Erlebnis, das der Dichter später immer wieder zu verarbeiten suchte. Rilke wurde nirgends richtig seßhaft, er lebte häufig bei Freunden und Mäzenen, so als Nachbar von Lou Andreas-Salomé in Berlin, bei Rodin – dessen Sekretär er war – in Paris, bei Marie von Thurn und Taxis in Duino (wo die *Duineser Elegien* entstanden), bis er auf Muzot im Wallis endlich Fuß faßte. Zu den berühmtesten Werken des Dichters gehören *Die Weise von Liebe und Tod des Cornets Christoph Rilke*, während des ersten Weltkriegs jedem Soldaten bekannt, der Roman *Aufzeichnungen des Malte Laurids Brigge* sowie die *Duineser Elegien*. Außerdem übersetzte Rilke Paul Verlaine, André Gide sowie Paul Valéry aus dem Französischen. Rilke starb 1926 in Valmont bei Montreux an Leukämie.

Rainer Maria Rilke
Briefe an einen jungen Dichter

Mit einem Vorwort von Joachim W. Storck

»Einfühlsam und verständnisvoll geht Rilke auf seinen Briefpartner ein und läßt sich dabei oftmals von diesem dazu verleiten, seine eigenen Gedanken über Grundfragen des Daseins, über Gott, die Liebe, den Tod und über Probleme des Künstlertums zu entfalten.« *Joachim W. Storck*

»Teurer Rilke! ... Ich liebte in ihm den zartesten und geisterfülltesten Menschen dieser Welt, den Menschen, der am meisten heimgesucht war von all den wunderbaren Ängsten und allen Geheimnissen des Geistes.«
Paul Valéry

Die schönsten Gedichte von Rainer Maria Rilke

Ausgewählt von Franz Sutter
Mit einem Nachwort von Stefan Zweig

»Dieser große Lyriker hat nichts getan, als daß er das deutsche Gedicht zum ersten Mal vollkommen gemacht hat.« *Robert Musil*

»Rilke schrieb den Vers, den meine Generation nie vergessen wird: ›Wer spricht von Siegen – Überstehn ist alles!‹«
Gottfried Benn

»Generationen deutscher Leser galt und gilt Rilke als die Verkörperung des Dichterischen, sein klangvoll-rhythmischer Name wurde zum Inbegriff des Poetischen.«
Marcel Reich-Ranicki

»Wenn wir in Deutschland Dichter sagen, denken wir an Rainer Maria Rilke.«
Stefan Zweig

Romain Rolland

Das Leben Tolstois

Aus dem Französischen von O. R. Sylvester

Romain Rolland wurde am 29. Januar 1866 in Clamecy (Nièvre) geboren und starb am 30. Dezember 1944 in Vézelay (Yonne). Er erhielt 1915 den Nobelpreis für Literatur.

Mit dieser Biographie ist es Rolland schon 1921 gelungen, ein literarisches Portrait des großen Russen zu zeichnen, das bis heute in seiner Unterhaltsamkeit und Frische unerreicht ist.

»Was Tolstoi für die junge Generation Frankreichs und Deutschlands um 1890 geworden war, das wurde nicht wenigen unter uns Romain Rolland während der Jahre 1914–1918: der erste Bekenner, der Aufrüttler, der Feind dieser wahnwitzigen ›Ordnung‹, die Stimme des Gewissens in Europa.« *Wilhelm Herzog*

Kleine Diogenes Taschenbücher

Die Bergpredigt
Aktuelle Texte aus dem Neuen Testament. Ausgewählt von Christian Strich. Mit einem Vorwort von H.G. Wells

Wilhelm Busch
Die schönsten Gedichte. Ausgewählt von Christian Strich

Albert Camus
Weder Opfer noch Henker. Über eine neue Weltordnung. Mit einem Nachwort von Heinz Robert Schlette und einem Beitrag von Hans Mayer

Anton Čechov
Die Dame mit dem Hündchen. Zwei Erzählungen

Luciano De Crescenzo
Sokrates. Sein Leben und Denken

Doris Dörrie
Der Mann meiner Träume. Erzählung

Friedrich Dürrenmatt
Die Panne. Eine noch mögliche Geschichte

Albert Einstein & Sigmund Freud
Warum Krieg? Ein Briefwechsel. Mit einem Essay von Isaac Asimov

Epiktet
Handbüchlein der Moral und Unterredungen. Herausgegeben, mit einem Vorwort und einer Schlußbemerkung von Wolfgang Kraus

Epikur
Über das Glück. Ausgewählte Texte. Vorwort von Ludwig Marcuse

Die Geschichte von der Erschaffung der Welt
von Adam und Eva, von ihrem Sündenfall, von Abraham, Jakob und von Joseph und seinen

Brüdern. In der Übertragung von Martin Luther. Auswahl der Texte von Franz Sutter

Theodor Fontane

Die schönsten Gedichte. Ausgewählt von Franz Sutter

Johann Wolfgang Goethe

Die schönsten Gedichte. Ausgewählt von Franz Sutter

Hermann Hesse

Gedichte. Ausgewählt von Christian Strich. Mit einem Essay des Autors über Gedichte. Mit einem Nachwort von Maria Nils

Patricia Highsmith

Drei Katzengeschichten

Hildegard von Bingen

Lieder. Zweisprachige Ausgabe lateinisch/deutsch. Ausgewählt von Silvia Sager. Vorwort von Walter Nigg

I Ging

Das Buch der Wandlungen. Herausgegeben von Thomas Cleary

Franz Kafka

Die Verwandlung. Erzählung
Brief an den Vater. Mit einem Vorwort von Max Brod

Immanuel Kant

Deines Lebens Sinn. Herausgegeben und mit einem Vorwort von Wolfgang Kraus

Die schönsten Katzengedichte

Ausgewählt von Anne Schmucke. Mit Zeichnungen von Tomi Ungerer

Lao Tse

Tao-Te-King. Mit einem Nachwort von Knut Walf

Die schönsten deutschen Liebesgedichte

Ausgewählt von Christian Strich

W. Somerset Maugham

Die Leidenschaft des Missionars. Erzählung

Mohammed

Die Stimme des Propheten. Herausgegeben und Vorwort von Wolfgang Kraus

Michel de Montaigne

Um recht zu leben. Aus den Essais. Mit einem Vorwort von Egon Friedell

Christian Morgenstern

Galgenlieder. Ausgewählt von Christian Strich

Eduard Mörike

Mozart auf der Reise nach Prag. Novelle

Die Geschichte von Moses

vom Exodus, den Zehn Geboten und dem Einzug ins Gelobte Land. In der Übertragung von Martin Luther. Auswahl der Texte von Franz Sutter

Walter Nigg

Teresa von Avila. Eine leidenschaftliche Seele

Joachim Ringelnatz

Die schönsten Gedichte. Ausgewählt von Franz Sutter und Antje Stählin. Mit einer kleinen Autobiographie des Autors

Salomo

Weinen hat seine Zeit, Lachen hat seine Zeit. Die großen Dichtungen des König Salomo. Vorwort von Ludwig Marcuse

Patrick Süskind

Drei Geschichten

Susanna Tamaro

Eine Kindheit. Erzählung

Henry David Thoreau

Über die Pflicht zum Ungehorsam gegen den Staat. Mit einem Nachwort von Manfred Allié

Mark Twain

Adams Tagebuch und *Die romantische Geschichte der Eskimomaid.* Eine klassische und eine moderne Liebesgeschichte